© Luftschacht Verlag – Wien 2011
Alle Rechte vorbehalten

www.luftschacht.com

Druck und Herstellung: CPI Moravia

Die Wahl der angewendeten Rechtschreibung
obliegt dem/der jeweiligen AutorIn

allen gefürchtet wird, weil er

Die Geschichte vom Zyphius

Erzählt und illustriert von Robert Göschl

ganz schreckliche Fähigkeiten

umblättern, dann fängt die Geschichte an!

Doch in endlosen Tiefen

Manche erzählen, er geht

Andere sagen, er hat auf dem Kopf zwei Warzen in Form eines Blumentopfs.

Oder aber in Form von zwei Palmen, die obendrein auch noch fürchterlich qualmen.

An Händen und Füßen hat

Und droht ihm spuckt er Flam

Er hat
riesige Zähne
seinem Maul...

faul.

Der Zyphius speit Wasser so wie ein

Wal...

Er hat einen Panzer aus glänzendem Stahl

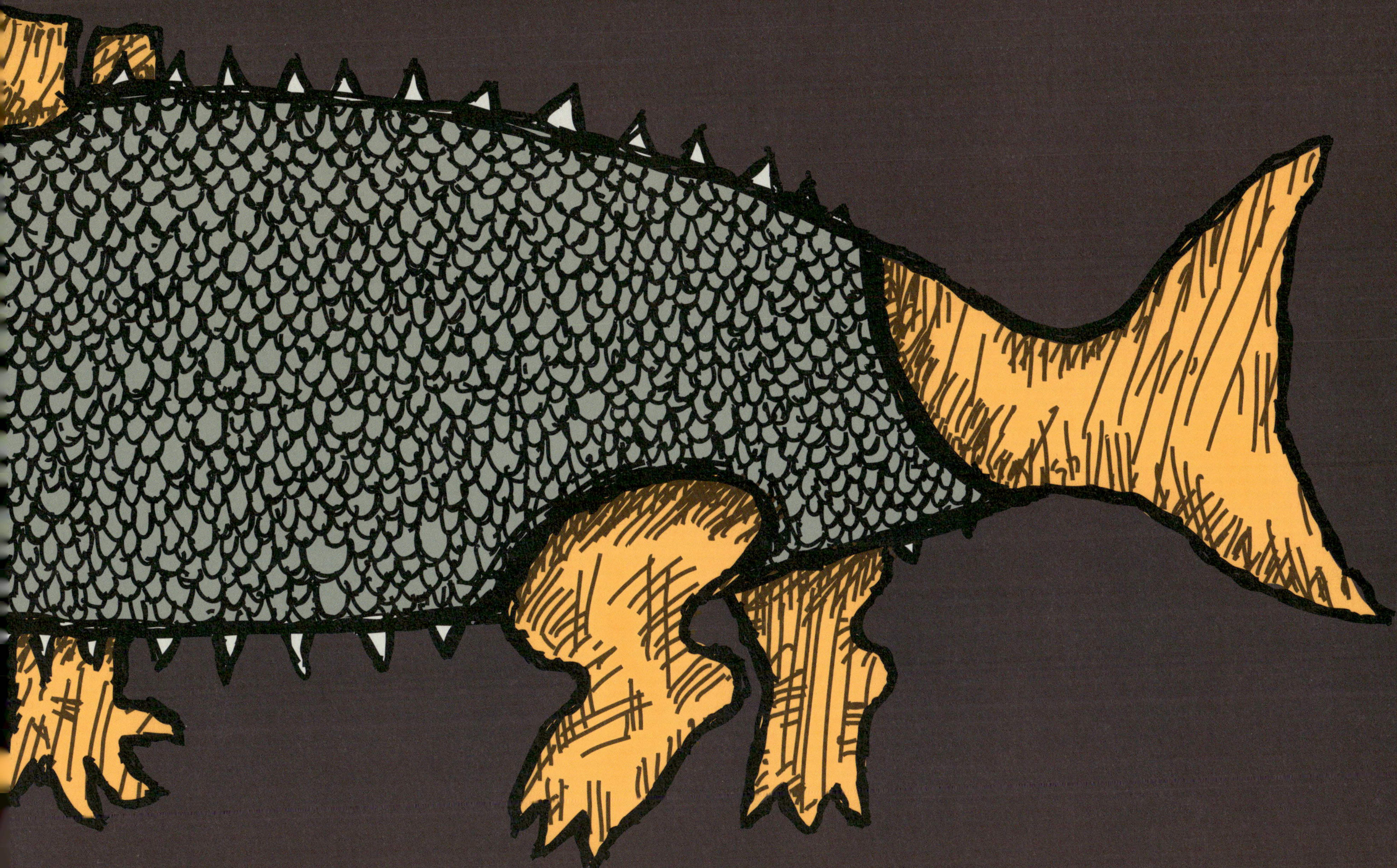

78.000 Volt

Seine Augen sind groß und hell wie Rubine...

...am Schwanz hat er Stacheln wie eine Biene.

Seine Hautfarbe ist Rot, oder Gelb

oder **Blau**

...vie

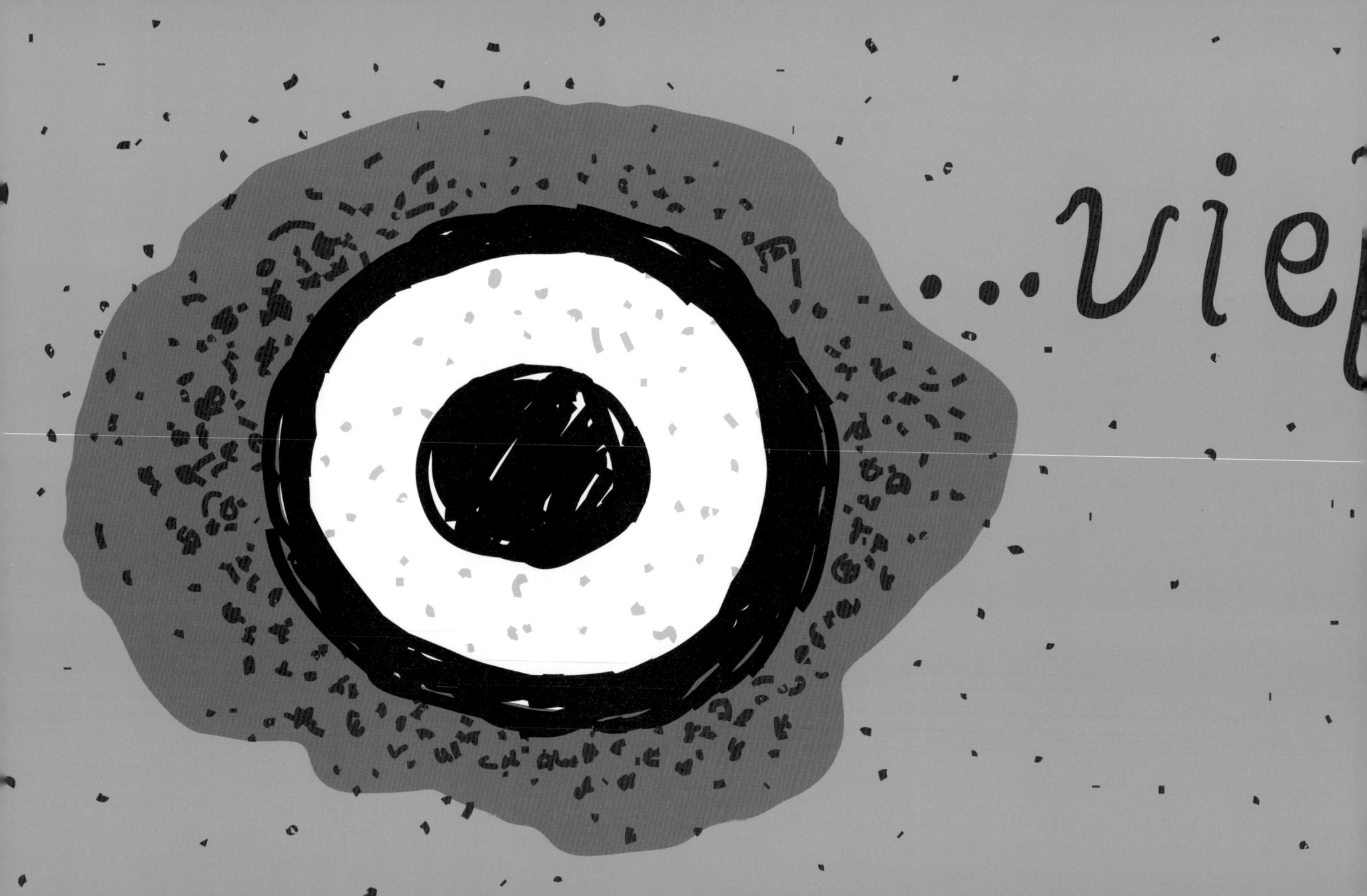

leicht auch
Grün...

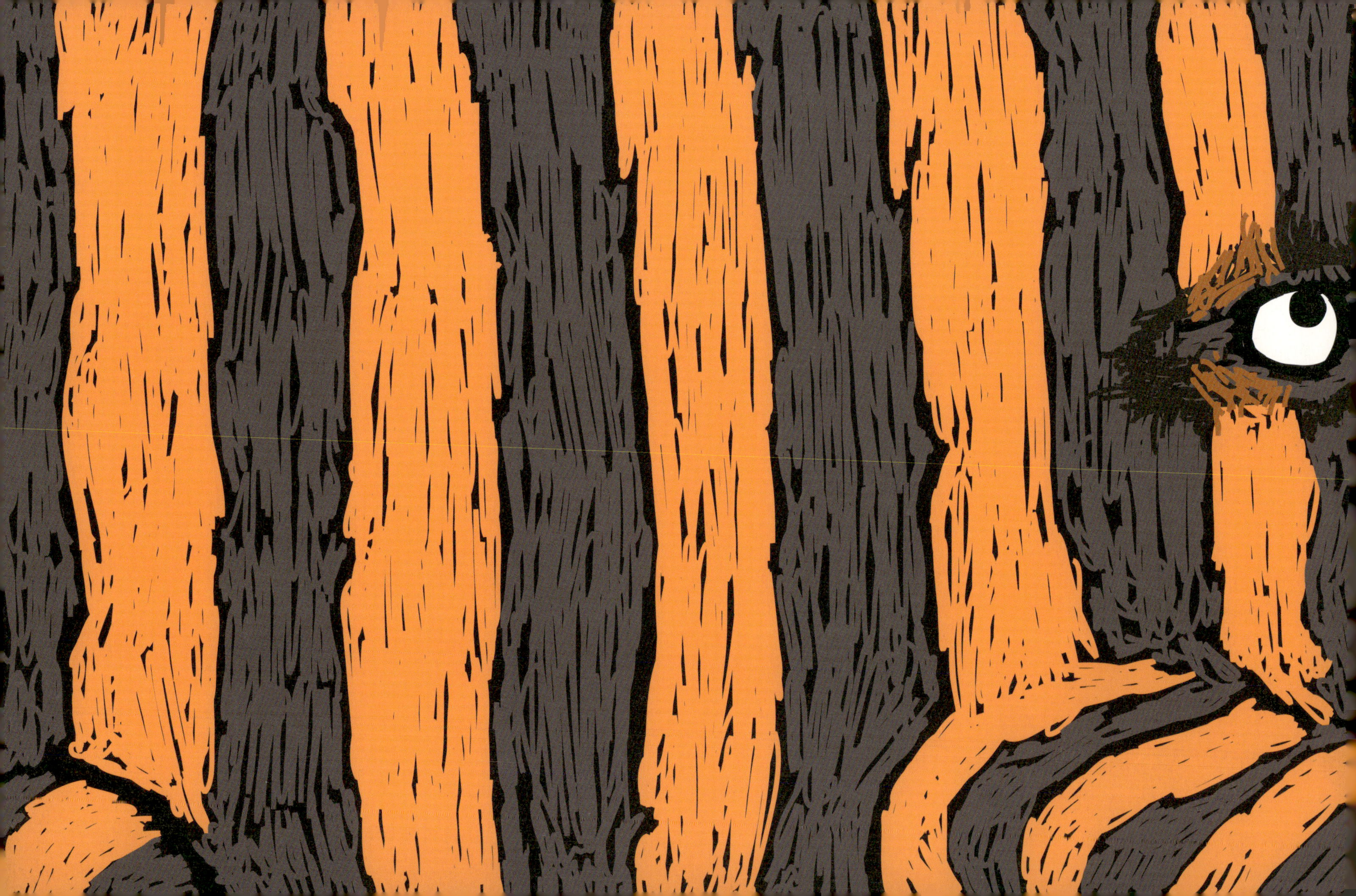

oder gestreift orange-grau.

Er frisst Tintenfische!

Blech...dosen... und Dreck... Babap! Ausgang

...davon

DI

und kriegt

wird er

CK

Winterspeck.

Nach den Erzählungen der muss er circa **so** sein ...

Leute

...Doch auf dem Foto hier irgendwie freundlich und klein.

wirkt er

22. Oktober 2008. 11h52
Chinesisches Meer

hier ist die Geschichte zu Ende!

...aber eige[n]

...lich ist dieser angebliche M...

onsterfisch ein vollkommen harml

"Ich dachte, das wäre eine Geschichte über Fische?"

...oses Meeressäugetier......

"Harmlos für wen?"

Inge

Marion (von C

Robert

Ich möchte mich bei allen Fischen bedanken, die dieses Buch ermöglicht haben.

Carina

Nadia

Marla